시시한 하루
시같은 순간

시시한 하루
시같은 순간

글/사진 박종민

siso

우리의 만남은
대부분 길에서 이루어졌다.

익숙하다는 이유만으로
오랫동안 무덤덤하게 대했다.
가까이 있는 것을 당연하게 여겨서
특별한 관심조차 기울이지 않았다.
감당하기 힘든 일을 겪고 나서야
따뜻한 시선으로 바라보기 시작했다.
달라진 내게 화답하듯
어느 날, 조심스레 말을 걸어왔다.

그날 이후부터
개나리와 목련, 장미와 코스모스 등
꽃과 나무의 모습으로
때로는 새와 구름, 해와 바람으로 나타나
숨겨진 내면의 목소리를 들려주었다.

그 모습을 찍고
그 목소리를 듣고
정리한 것을 모아
겁도 없이 세상에 내놓는다.

내게 버팀목이 되어준 벗,
'일상'에게 감사의 마음을 전한다.

☼ ◇ ☲ ꝭ

Part 3. 사소하고 느릿한 것들의 가치

☼ ◇ 〰 ➤

Part 4. 인생은 짧고 순간은 길다

Part 5. 시시한 하루의 시 같은 순간

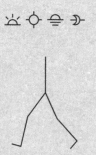

Part 1.

행복으로 가는 길목에 서서

사진 한 장 찍자고 했더니
약속이나 한 듯, 동시에 얼짱각도
어, 어, 근데 쟤는 뭐야
어딜 가든 딴청 피우는 놈 하난 꼭 있다니까

오
후
의

중
년

몸은 굳어도
마음은 아직 초록이라고
유혹에 흔들흔들
아직 쌩쌩하구나

수
련

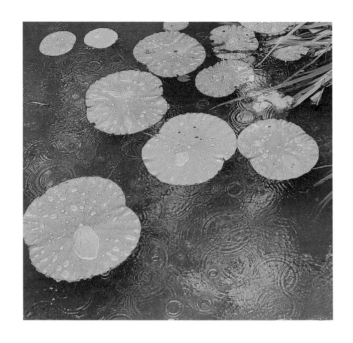

피할 수 없으면

온몸으로 맞겠다고

세상의 가장들은 가슴속에

눈물 한 종지씩 담고 있다

얼마나 설레었으면
얼굴이 벌겋게 달아올랐나
담벼락 아래, 젊은 연인 한 쌍
햇볕 탓이라고 둘러대지만
그 말을 누가 믿을까

낭만가도

浪漫街道

봄을 달린다
꽃들은 쉬지 않고
태양을 향해

넘어져서
일어나려 해도 다시 넘어지고
푸른 젊음은 점점 지쳐간다
배경 따윈 필요 없으니
바람아, 이제 좀 멈추어주렴

바
위
섬

머리가 복잡한데
고민거리를 자꾸 올려주면
내 고민은 어쩌란 말인가

딱
그
만
큼

꿈과 일상의 간격

몸과 마음의 간격

나와 그대의 간격

가깝거나 멀거나 일생 끝까지

우리 곁의 푸른 여백

급할 게 있나

숨 고르며 쉬엄쉬엄 올라가세

나는 정상까지 가는 데 십 년이나 걸렸네

한 번 들어가면

더 깊숙이 들어가고 싶은 핑크빛 미로

겹겹이 가려진 그녀 마음속

알다가도 모르겠네

청 운 동 아 씨

마음 흔들어 놓고
말없이 떠나시면 어찌하나
이미 내 마음 다 보여주었는데
혹시나, 숨어 있거든 어서 나오소서

수
다
떨
기

나갈까 말까
나가면 개고생한다니 꿈도 꾸지 마

나가 보지도 않고 어찌 알아
입만 살았네, 나가지도 못할 거면서

생
방
송

구름은 느릿느릿

바람은 설렁설렁

잎들은 살랑살랑

오늘도 채널고정

하루가 그냥 가네

31

운
명

당하지만은 않겠다고
온몸으로 맞서보았지만
뼈대만 앙상하게 남았네

어찌하여 매번 지기만 할까

하늘 한번 봐
출항하는 함선들
난리 났나 봐

폭
풍
전
야

暴
風
前
夜

타
이
밍

마음만 먹으면
다, 잘될 거라고?
물 들어와야 뜨지

머리털 빠지기 전에

멋 한번 부려봤어

어때, 좀 봐줄 만해?

모
정
母
情

세상 누구든
마음이 순해진다
엄마 앞에선

겉만 봐도 안다

속이 어떤지

진심을 주고받는 간절한 눈빛

도대체, 무슨 말을 나누시나

인
연
의

법
칙

거미줄 인연
길이보다는 굵기
꼬이지 않게

어
린
왕
자

멀리 가려면

조금 늦더라도 돌아가

품고 가든지

보아뱀처럼 미련하게 삼키지 말고

날
개
잃
은
꿈

무거운 짐 내려놓고
이제는 날아보자고
날개를 펼쳐봐도

다시, 초원을 걷는 타조 떼

홍
제
천

저마다의 길
가야 할 길 달라도
일상은 예술

외
사
랑

찌푸리지 말고

햇살 듬뿍 달라고

온몸으로 쓰는 연서

해
질
녘

지나온 길은 되돌아가지 않고
가야 할 길은 피하지 않는다

가야 할 순간
주저 없이 떠나가는 길 위의 인생
그때가 가장 나다웠다

백년해로

百年偕老

긴 세월 함께 지내니 서로 곱게 닮아간다

낮술 한잔 걸치니 얼굴빛이 발그스레

둘이 어쩜 똑같아

꼰
대

내가 오래 살아봐서 아는데
이쪽으로만 가라고
진짜 이건 해봐서 아는데
이렇게만 하라고

틀림없다니까

호
연
지
기

浩然之氣

허리 쭉 펴고

하늘에 닿으려는

또 하나의 산

부
부

둘이 하나가 된다는 게 말처럼 쉬운가
항상 임자보다 앞서갔는데 이제는 안 되겠네
뒤에서 보고 있으니 천천히 내려가세

아버지, 진작에 좀 그러시지 그랬어요

나르시시스트의 고백

날 보든 말든
개의치 않습니다
잘났으니까

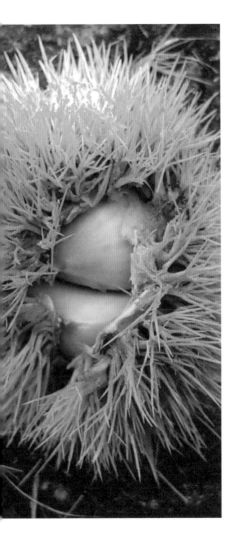

사 춘 기

다 여물어도
놓아주지 않으니 까칠해지지

저, 근본 없는 결기
무얼 믿고 그러는가
건드리지 않는 게 상책이다

비
밀
의
화
원

삶이 지칠 때
숨어버리고 싶은
마음의 뒤란

Part 2.

머물고 싶던 길 위의 순간들

오늘은 학교 안 가니?

오늘은 출근 안 하세요?

바람에 흔들거리며

밀린 대화로 시간 가는 줄 모른다

한낮에 가족이 다 모였다

숲
속
　
보
육
원

부모 잃은 어린 것들
내 품속 파고드는데
모른 체할 수 있나
다 품어줘야지

눈 한번 깜박하지 않고
초롱초롱 빛나는 아기의 눈동자
몸을 태우면서까지
무슨 말을 하고 싶은 거니?
너희들이 나보다 더 간절해 보인다

너 하나 가려버리는 건 시간문제야
내 발밑에 있는 게 어디서 까불어

산이 아무런 대꾸도 하지 않자
구름은 제풀에 지쳐
어물어물 산마루를 넘어갔다

휴
게
소

네 집이면 어떻고
내 집이면 어떤가
잠시 머물렀다 떠나갈 건데
세상 어디든 발길 닿으면 우리 집이지

징
검
다
리

건너온 인고의 세월

다시는 돌아가고 싶지 않아

예쁘게 가둬 놓을 거야

더 이상 흔들리지 않게

족
보

휘어지더라도
뻗어나가야 한다고
천년의 시간을 이어낸 뿌리의 힘
저 단단한 껍질 속에는
유구한 가문의 역사가 숨어 있다

진군가 進軍歌

병장기 높이 들고 전선을 간다
우리 땅 한 뼘도 빼앗기지 않으리
하지만 도움 없이는 이기기 힘든 싸움
어제도 숲 하나가 통째로 사라졌다

나
마
스
떼

누구를 원망할까

올 때도 내 의지가 아니었거늘

이 순간조차

세상은 눈 하나 깜짝하지 않는구나

미색에서 깨어나니 이 세상 떠나라네

아무리 봐도

도대체 모르겠네

내가 누군지

우
문
현
답

이보게
얼마나 비워내야
나도 날아오를 수 있을까

짐이나 덜어내고
잘 내려가시게

71

가지가 많으니 언제나 시끌벅적
바람의 무게에 따라 한쪽에선 속닥속닥
내 편, 네 편 갈라져서 방향도 따로따로
사람 사는 세상을 쏙 빼닮았다

이
름
값

온몸이 쭈글쭈글
볼 것 없는 시골 노인
이름 하나 걸었더니
그제야 주목받네

골이 깊은데

어찌 슬픔이 작을까

비가 쏟아지던 날

참고 있던 울음이 터져 나왔다

한 사내가 목놓아 울고 있었다

밤
새
울
거
니
?

떠나야 할 날 다가오는데 잠이 오겠나
바람을 구워삶아 생을 좀 늘려 볼까
밟히지도 꺾이지도 않았으니
이만하면 괜찮은 생이지
밤새 도란도란 수다 삼매경

디
셈
버

세월의 속도
따라가지 못하면
뒷방 늙은이

야
간

라
이
딩

눈앞을 스쳐 간 속도의 광기
쫓는 건지 쫓기는 건지
가늠할 수 없는 불안한 질주
밤의 속도는 돈키호테다

바람의 가락에 맞춰
쪽빛 치마 출렁이며
흥겨운 춤사위 한판,
밤을 밝힌 천상의 무희들

귀여운 복수

몸이 타들어가는 고통
생지옥이 따로 없네

독하게 다시 태어나
그대들 눈물 나게 해주리

83

유
년
의

기
억

붕어빵 한 봉지 손에 쥐고
터벅터벅 걸어오던 아버지 발걸음 소리에
졸린 눈 비비고 골목으로 뛰어나왔던 그 시절
그런 아버지 그런 아들, 아직도 있을까

내가 보인다
너도 보이지?
급하게 가느라
바닥에 떨어뜨린 건 없는지
지나온 길 한번 뒤돌아봐

말
광
장

말이 말을 부르고

말이 사라지면 다른 말이 이어 달린다

말과 말이 엉켜서 사방으로 흘러간다

사람들의 입은 쉴 틈이 없다

저 입속에는 얼마나 많은 말들이 숨어 있을까

우리 너무 사랑받는 거 아냐
그게 무슨 걱정이야

너무 설치고 다니면 눈 밖에 날까 봐
그게 우리 탓이야?
우린 영혼이 없잖아

꽃잎 연서

이제 떠날 시간이라니

읽고 또 읽어봐도 붙잡을 수 없겠구나

야속하지만 미워할 수 없는

오월, 초록빛 그 사내

생각하는 사람

뜻밖의 휴일

무엇을 해야 할지

벌써 반나절

며칠째

표정이 어두운 사춘기 딸내미

무슨 고민이라도 있나

왜 그러냐고 물어도 말을 안 한다

그 속을 어찌 알까

김
샜
다

머리에 힘 좀 주었는데
다들 내가 안 보여?
그래 봤자, 풀이라고?
나비가 찾아오냐고?

핑
크
펭
귄

또 어디로 가라고
고향을 떠나 여기까지 올 줄이야
살다 살다 별일을 다 당하네
누구 아는 사람 설명 좀 해봐

훔쳐보기

아무리 봐도 별것 없네
어디에 살든, 무엇을 하든
사는 건 다 비슷하군
저런 걸로 다투다니
저런 걸로도 좋아하다니

의
자
의

항
변

이건 아니죠

우리가 뭘 잘못했다고

하루 종일 벌을 서라니

보자 보자 하니까 정말

마스크 안 낀 게 우리 죈가요?

유
리

심
장

내가 차갑다고 누가 그러든가
투명한 심장 하나 달고 있는데
보기에는 딱딱해도
나도 가끔 뜨거워진다네
인색하면 못 버티지

하
늘

낚
시
터

몽실한 구름

통째로 낚아채서

이불 속에 채워 볼까

우리 집 다 쓰고도 남겠네

그때는 조연인 줄 알았는데

주연이었다니

내려갈 시간 다가오는데

이제는 주연인 체하고 있네

왜 깨달음은 항상 늦게 오는 걸까

콩
깍
지

오래 가려면

여백을 잘 채워야 한대

딴말하면 잔소리지

너 하나만 보이는데

골
목
길

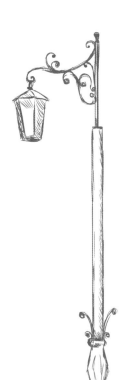

무슨 이야기를 품고 있기에
저리도 애틋하게 보일까

조금만 들려줄 수 없니?

일
상

오늘은 어제처럼
내일은 오늘처럼

누군가는 행복이라 하고
누군가는 속박이라 하네

나를 스쳐 지나간 시간들
내게 찾아왔던 감정들
검은 가방 속에 집어넣고 지퍼를 닫는다
오늘도 무사히 잘 살아냈다

물은 물대로, 졸졸졸

달은 달대로, 슬금슬금

사람은 사람끼리, 도란도란

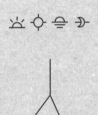

Part 3.

사소하고 느릿한 것들의 가치

삶
이
란

게,

참

테스 형, 보고 있나요?
세월의 모가지를 비틀어서
끌고 올라가는 내 모습
어떤 어르신
오늘은 거미인간이 되셨다

봄 도둑

담장을 넘어
와르르 쏟아지는
착한 도둑 떼

민
들
레

홀
씨

꽃잎 지고서

남겨진 솜털 아기

퍼져라, 웃음

틀 속의 도봉

그 마음 다 보이네

꽃은 숨어도

소
싸
움

배부르니까 힘자랑이라니
일 년 농사 다 망치겠네
지리산 산신령 잠 깨기 전에
강가에 가서 물이나 마시게
하동 들판에서 싸움이 웬 말인가

하늘을 이고
천년을 꼿꼿하게
늙지도 않네

인
수
봉

얼마든지 매달려 봐라
다 들어 올릴 수 있다고
큰소리 떵떵 쳤지만
세월의 주름은 숨길 수 없구나
내 나이가 얼마지?

오직 한 사람을 위한 무대

마음 흔들어 놓은 바다의 오케스트라

재들도 참 치열하게 사는구나

땅끝에 와서야 위로를 받았다

장
엄
소
나
타

해
빙

상처 없는 생
어디에도 없으니
버텨내라고

한라산 설화

폭설이 내린 지난 밤
눈발을 헤치고
어미를 찾는 새끼 곰의 울부짖는 소리가
밤새 골짜기를 흔들었다

웃음의 조건

우울하다고?

웃을 일이 없다고?

웃을 준비가 안 된 거겠지

입 모양만 바꿔봐

저 아이처럼

산
타
클
로
스

내 안에 아이가

아직도 숨어 있나 보다

눈을 떼지 못하겠네

이제 그만 좀 놓아줘요

어찌 매년마다 이러시는지

중랑천

구름 없다면

어찌 알 수 있을까

하늘 높은 줄

나만 몰랐네

내가 머무는 곳이

꽃자리임을

축
복

참
사
랑

못 볼 걸 본 듯

외면하시다니

그새 마음 변하셨나요

그대도 시들어봐야 다시 내가 보일까

쭈글쭈글해져도 꽃이랍니다

설레는 가슴
후비고 지나가는
그리움 한 덩이

고래 등에 올라타고
큰 바다 건너갔던 기억은 꿈이었던가

아
바
타

주말이 오면

꼭대기라고 어찌나 밟아대는지

껍데기만 남기고

잠시 위로 피신했다

살살 밟아줘, 다 보고 있으니까

가리는 게 아니라
속마음 드러낸 거야
초록에 빠져 있다고
숲 하나 품고 싶다고

단
풍
침
대

잡고 있던 손 놓았더니
이렇게 편안할 수가
상처는 남았지만
집착의 가지에서 이제 벗어났다네

레
디
고

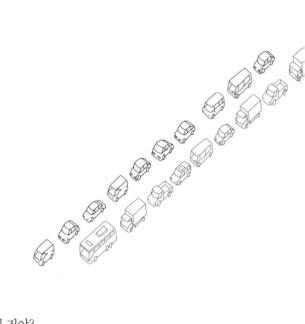

아, 무슨 일이 터진 거야?
섬광이 번뜩이고
도시를 빠져나가는 차량의 행렬
어디서 보았더라
현실과 영화가 겹치는 순간

궁중야사

이리 오너라, 게 아무도 없느냐
아무리 불러봐도 달님만 방긋

마마, 세상이 바뀌었나이다
꿈에서 깨어나소서

밤길 걷는 사람이 사연 하나 없을까
멀리서 보면 빛나는 길이지만
지금 걷는 길은 마음속 가시밭길
어디로 가든, 내 인생길

페
르
소
나

하루 종일 썼던 가면을 걸어놓고

퇴근하는 샐러리맨

내일은 누굴 만날까

내일은 어떤 걸 쓸까

숨
바
꼭
질

꼭꼭 숨어라

머리카락 보일라

어른이 된 아이

아이가 된 어른

모두 어디로 숨었을까

감
나
무
집

눈독 들이지 마세요
다 보고 있다고요

이토록 따뜻한 경고라니
잎들은 담벼락을 가리고 있다
누가 누구를 지키는 걸까?

가
파
도

웃어도 웃는 게 아녀

속은 타들어 가고 있다고

시집도 가야 하는데

쓸만한 사내들은 뭍으로 다 내뺐네

뭍이 그리 좋더냐

묵언수행

주홍빛 고통
빛과 바람 견디는
수행의 시간

고
별
사

지나간 시간
함께한 인연들
이제야 비로소 보이네
눈부신 축복이었음을
떠나야 할 시간 돼서야

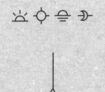

Part 4.

인생은 짧고 순간은 길다

흙내음 나는 초록보다는
땀냄새 나는 콘크리트 숲이
눈에 박히는 오늘,
더 열심히 살아야겠다

낭
만
가
객

왜 이리들 서두르시나

나보다 긴 생을 살면서

온몸을 바람에 맡기고 흔들흔들

지금은 세상이 내 것이야

따뜻한 동거

나는 그대에게
가슴을 내어주고
그대는 나에게
그늘을 만들어주었네

파
도

가슴을 치고
한 발짝 물러나는
밀당의 달인

특별한 하루

선 하나 그어놓고
하늘과 바다로 채웠더니
입에서 터져 나온 말 한마디

아, 날고 싶어라!

일그러진 욕망들 발아래 내려놓고
희롱하는 재미를 그대들은 모를 걸
저곳에 매달려 살기에는 생이 너무 짧아
콘크리트 기둥 속이 뭐가 그리 좋다고

길을 열어가는 물 위의 패셔니스트

우 산 챙 기 세 요

일 년에 몇 번이나 만난다고
비 오는 날에만 본다는 게 말이 되니
무슨 말이 그래? 그럼 양산이 되든가
여기저기서 톡톡톡
우산들의 뒷담화가 절정이다

어디를 가든

오늘도 변함없이

시선의 포로

이
방
인

미로에 갇힌

도심 속 인간군상

잃어버린 꿈

창
가
에

앉
아

걸어서 십 리

마음길 따라가면

앉아서 천 리

정
상
회
담

마주 보고서
통큰 한 방 날렸다
술술 풀리네

자
연
인

푸른 꿈 품고
홀로 만 리를 걸었지만
초록이 될 수는 없더라
외로움은 견딜 수 없더라
나도 사람이니까

자신을 응시하는 불멸의 화공

꿈쩍도 하지 않고 평생을 한 그림만

딱딱한 화폭에 그리고 지우고 다시 그리고

무채색 영혼까지 잡아내다니

상
상
력

못할 게 있나
한 손에 바위쯤은
일도 아니지

죽음은 강도처럼 찾아왔다

육신을 주렁주렁 매달아 놓고

부릅뜬 눈 보고서도

느끼는 거 뭐 없니?

제
비

엄마, 배고파요

목이 쉬도록 울어대던 유년시절
울음을 전부 쏟아냈더니
눈물의 저수지가 말라버렸다
눈물이 안 나오는 이유를 이제 알겠다

제
우
스

낮추고 낮춰

제왕의 권위조차

순간이거늘

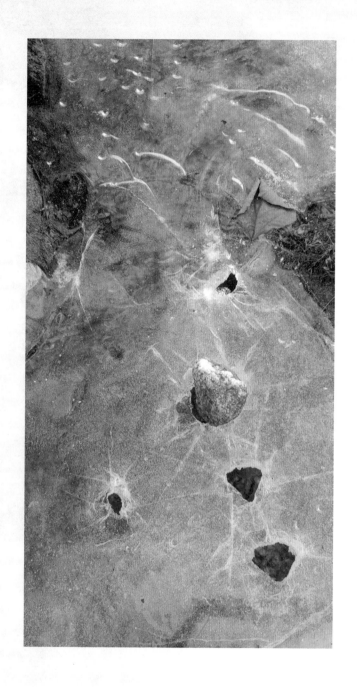

짱
돌

넌 모를 거야
내게 던진 말 한마디의 힘을
한철 지나야 풀어질까
마음이 녹으려면

새벽 인력시장

어디를 둘러봐도 희미한 세상
가진 것은 몸뚱이 하나뿐
일찌감치 나와 서성거려도
불러주는 사람 하나 없이 수심만 깊어가네
오늘도 공친 건가

못 먹어서 뼈만 앙상한

빈자들의 마을을 지나는 줄 알았는데

다시 보니, 초록으로 향하는 순례자들이었다

반전을 기다리는 행렬이 끝없이 이어졌다

하
안
거

비웠으면 채워야 하고
깨달았으면 행해야 하느니
선방의 저 선승은
어떤 화두를 갖고 수행 중이실까

좌로 흔들고

우로 뒤로 앞으로

몸 좀 풀렸나?

분
수
대

앗, 차가워
감히 우릴 건드리다니
미친 거 아냐?
일단 피하고 보자고
구름은 놀라서 사방으로 흩어졌다

더
늦
기

전
에

시들어서야

지나간 순간순간

축복이었음을

야외공연

들리시나요
영혼을 씻어주는 천사들의 합창
돌아올 때까지 잘 살아내라고
혼신을 힘을 다해 봄을 노래한다
다시, 봄날은 간다

아
버
지
의
꿈

살다 보니 이런 날도 오는군
고생한 걸 다 말하려면 하루도 모자라

한자리에 모인 동갑내기들
이야기꽃 피우며 함박웃음 터졌다
걱정 없는 그날, 오기는 할까

하
동
사
람

웃음꽃 신고
달리는 마을회관
동네 사람들

밥벌이 힘들다 하지 마라

난 한 끼 식사를 위해

한겨울에도 발목 시린 고통 참아가며

강바닥 휘젓고 다녀야 하느니

Part 5.

시시한 하루의 시 같은 순간

오래 살면서
볼꼴 못 볼꼴 다 보았더니
아무 말도 못하겠네
나를 보려거든 마음으로 바라봐
조금씩 보여줄 테니

찰
나
의

순
간

화살이 시위를 벗어나려는 순간

포수가 방아쇠를 당기려는 순간

내가 그대를 담으려는 순간

세상은 잠시 숨을 멈췄다

불
의

기
원

프로메테우스의 심정으로

저 타오르는 불길 속에서

불씨 하나 훔쳐

사람들 가슴에 심어주자고

세상은 지금 너무 삭막해

살
신
공
양

조계사 대웅전 앞 회화나무

며칠 동안 수천 개의 연등을 지키고 있다

아침마다 법당에서 들려오는 불경 소리

한 귀로 듣고 한 귀로 흘리지 않았구나

저리도 불심이 깊다니

시 같은 인생

시시한 인생

어디에도 없더라

살아보니까

엑
스
레
이

숨길 게 있나요
순하디순한 하루의 끝물
영혼의 뼈대가 드러나는 시간
비로소 선명하게 보이는 그대

덕
수
궁 돌
담

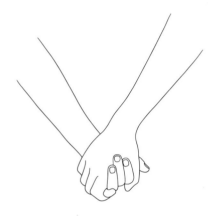

예나 지금이나

남자들은 왜 똑같은 말을 반복할까

마음에 담을 쌓지 않겠다고

너를 지켜주는 담이 되겠다고

지킬 자신 없으면 나를 팔지 마라

꿈

자정 즈음,

어렴풋이 보이는 수락의 능선을 따라

거대한 백조 한 마리가

잠 못 이루는 영혼들을 이끌고

유유히 날아가더라

이보게
설마 우릴 베어버리진 않겠지?

염려 말게
우리까지 사라지면 다 무너지는 거야
머리가 있으면 그런 미친 짓을 하겠나

행
진

다시 출발선

발걸음 경쾌하게

가슴 쫙 펴고

그때 만난 찻집

그때 나눈 대화

그때 만난 그대

이제는 알았지만

그때는 몰랐던 그 시간

동
네
책
방

문자의 숲길

하루 종일 헤매도

힘든 줄 몰라

만
리
동

마음 시린 날

가슴 따뜻했던 기억들이

불빛 속으로 모여드는 저녁

고향처럼 정겨운 달동네

다시 돌아가기엔 너무 멀리 와버렸다

잘나 보여도

외로운 건 어쩌나

함께 가야지

검은 고양이

눈에 불 켜고
날 보면 어쩌라고
구면이신가

등
정
기
登頂記

햇살을 따라

멧돼지 등을 타고

바람 소굴로

내
집
도
여
기

누가 객이고
누가 주인인가요
어차피 한생

비
빔
밥

모난 데 하나 없고
남길 거 하나 없는
팔순 어머니 말씀
아무리 바빠도
밥은 잘 먹고 다녀라

사
기

史
記

보고도 못 본 척

들어도 못 들은 척

있어도 없는 척

오백 년 동안 꿋꿋하게

온몸으로 쓴 기록

고
집
불
통

세상의 비밀
혼자 지키겠다는
무쇠통 집념

관
세
음
보
살

요즘 힘든가
그대만 그러겠나
다 그리 사네

목석같다니

마음 하나 바꾸면

이리되는데

할
머
니

눈물겹다
저렇게라도 살아계시니
진이 다 빠졌을 텐데 몸은 성하실까
치욕의 역사를 증명하시는
그분들을 보는 듯하다

미
투

Me
-Too

비수가 되어

누구를 겨누는가

눈물의 반격

무슨 큰 죄를 지었다고
평생 앉아 있으라니
흐린 날, 신이 한눈파는 사이
산은 슬그머니 몸을 빠져나왔다

겨
울
산

중년의 주말

숨길 수 없는 그늘

그대 뒷모습

시시한 하루 시같은 순간

초판 1쇄 발행 2020년 12월 20일

지은이 박종민
펴낸이 정혜윤
편 집 조은아, 한진아
마케팅 윤아림
디자인 김윤남, 한희정
펴낸곳 SISO

주소 경기도 고양시 일산서구 일산로635번길 32-19
출판등록 2015년 01월 08일 제 2015-000007호
전화 031-915-6236
팩스 031-5171-2365
이메일 siso@sisobooks.com

ISBN 979-11-89533-48-9 03800